不 完 美 才 是 完 美

你的傷痕累累
如此珍貴

累累·田心蕾　著

Character

漾漾

大大的眼睛，小小的嘴巴，雪白皮膚配上害羞腮紅與時尚黑髮，其實她就是一個涉世未深又愛哭的小女孩。害怕受傷，獨處的時候在安靜中感覺自在。害怕交朋友，因為能讀懂各種缺憾與悲傷。喜歡：放空，乾淨的世界，安靜，聽音樂，坐在草皮上。

蕾蕾

精緻的五官，卻擁有小雀斑，她總是對別人的嘲笑聽而不聞。沒有壓力，也沒有煩惱，快快樂樂的過是她的人生宗旨。未經艱辛的天真小女生，就算是遇到壞蛋也用天真的眼神去相信別人。最喜歡吃蛋糕，與糖果。

廢廢

現實中的弱者，平凡中的平凡，走在路上都不會有人看一眼的路人甲，其實心中還是有追尋夢想的渴望。她有點自怨自艾，但卻會在最後一刻振作。或許在別人眼裡她是不折不扣的普通人，但其實是一個勇於坦承的女孩。最大的夢想是找一個男朋友。

Contents

006　Chapter　I　　你不需要麻醉你的傷口，
　　　　　　　　　　或是埋沒你的心事。

064　Chapter　II　　告訴我，
　　　　　　　　　　那個困著你的世界在哪裡。

116　Chapter　III　　我會好好替你收著，
　　　　　　　　　　你的過去。

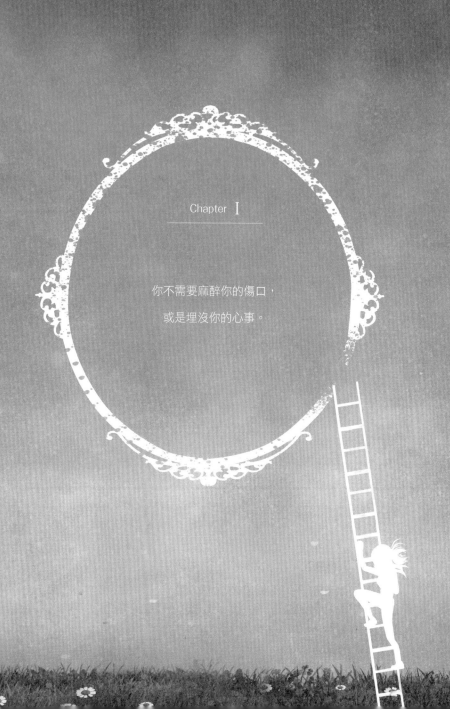

Chapter I

你不需要麻醉你的傷口，

或是埋沒你的心事。

安靜才能聽見重要的聲音。

安靜的時候，
聽見內心有好多個自己。

你好嗎？
我很好。

你過得開心嗎？
我很開心。

自己與自己在內心世界聊天，
很寧靜。

其實安靜，就能聽見自己吶喊的聲音。

放棄比堅持更不容易。
徘徊在這兩者之間更花心力。

放棄比堅持更不容易，
對自己的承諾更難忘記。

進展跟當初想的有差距，
總覺得
如果再多給自己一點點時間，
是不是就能往前進。

但有些事情如果必須放棄，
放下也是一種勇氣。

忘掉不該記得的，才能往對的地方前進。

做人其實很累。
要拿得出熱情往前進，
又要有麻木的心面對失去。

當初擁有多少快樂，現在就有多感傷。

可能是習慣了從前的溫度，
相信始終會再次看見那個熟悉的背影。

但等待的結果，終究真實得太令人傷心。

別人的鼓勵說起來輕鬆，
忘記卻一點都不容易。

但沒關係，
失去，也代表獲得的可能性。

寂寞它不會痛，
而是讓你感覺不到
快樂跟疼痛。

如果能享受人生所有的狀態，
就能享受孤獨，而不被它困住。

不受別人的眼光影響，
自己也不著急不擔心。

獨處不是找不到人對自己真心，
孤獨只是自由的代言詞，

而現在選擇的是，安靜。

回過神來，才發現
已經花了太多時間在乎別人
而忽略了自己。

雖然明白要尊重別人的意願，
但去在乎了一個不在乎自己的人，

總覺得很累。

如果可以的話，為什麼不早點給彼此一個結局。
畢竟花太多時間給不會感謝自己的人，
會失去保護自己的能力。

太認真，難免會太在意。
但在乎一個不在乎自己的人，最後總是換不到真心。

幸福不在別人口中，
而是發自自己內心的彩虹。

遇見別人成雙成對，
總懷疑是不是自己跟不上別人的腳步。

但他們雖然有彼此分享幸福，
你卻能有獨享自己時間的權利。

得到的同時是失去，失去的同時也是得到。

長大了，節日與相聚的意義逐漸改變。
過節日，是自己想要幸福？還是隨便找人來慶祝？

一個人，兩個人，還是一群人才是幸福？

不一定需要別人羨慕自己才能夠幸福。
因為事實上自己的幸福也不需要別人給。

不試著泡在新的環境，
又怎麼會知道自己有多堅強。

每當我失去了方向，

我都會失去動力。

因為不知道哪裡才是適合我往前進的路。

但，

如果現在就能活出正確的自己，

那正確的路會在不久的將來與我相遇。

小時候的小世界、小事情就能夠心滿意足。

大人的大世界，成就了大事情才算成功。

現在想起來，

其實已經很久沒有開心得像小孩。

長大其實很累，首先要放下的是快樂的童心。

失去的是簡單的視野，明亮的雙眼將世界看清。

看清楚了，學會的是保護自己不受傷害。

但說錯了話，做錯了事，也不再是笑笑而已。

一句對不起，也許已經無法彌補。

此時，

不想長大，又變成逃避。

不想面對過去，是不夠堅強，是無法適應環境。

到底要保留童心讓自己開心？

還是要長大任性，挺得過挫折和壓力？

這要看你對於人生的選擇與定義，

因為事情都沒有絕對，

但即使長大了，也記得在內心某處保留一些孩子氣。

保留讓你放縱開心的小天地。

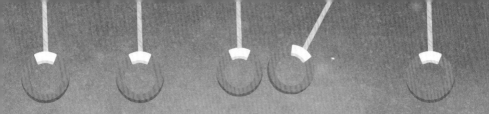

在未成功前，
總會有人勸你放棄。

最大的成功，往往是看起來最沒希望之下的努力。
因為寶藏不會公開在藏寶圖裡，告訴你成功的捷徑。

走這條路你是第一個。

錯 10 次，是你找到了 10 個答案。
錯 100 次，是你找到了 100 個答案。

邊走邊想，也別忘了途中的風景。

因為當你找到了寶藏，這些走錯的路也會成為你寶貴的回憶。

珍惜自己，
就不用擔心別人不珍惜你。

曾經有人告訴我，
人是群居動物。

看的是別人的穿著，
聽的是別人的話語，
靠的是關係，
聞的是別人奢華的氣息。

但有時候其實可以多看看自己，
多注意自己的心情。

與其把注意放在有可能會離開你的人群，
不如將精神留著好好愛自己。

因為你的身體是你唯一居所，
而你不會愛到失去自己。

重要的不是以前去過哪裡，
而是知道以後往哪裡去。

────────────────

每次離開，都要帶著完整的自己走。

因為傷心總是帶走自信，

教訓總是教人改變自己。

想做自己的人，
或許他們不是太殘酷，
而是心太脆弱。

但人生的精采總要自己奪回，
而不是卡在傷心情緒。

陪伴，是最好的珍惜。

如果你需要的話，我會像你陪著我一樣陪著你。

聽你說你的故事，
陪你做你想做的事。

你不需要麻醉你的傷口，或是埋沒你的心事。

告訴我，那個困著你的世界在哪裡。
告訴我，我會好好替你收著

你的過去。

討好別人，掏空的是自己。

對於不在乎你的人，說什麼對方都不會滿意。

喜歡你的人，聽見的是你心裡的聲音。

不喜歡你的人，不管你說什麼都會心存芥蒂。

誇獎是浮誇，幫忙是心機，

甚至拜託別人去幫忙都不可以。

有時候想想真的不要做無謂的事情，

但看到對方又不忍心不去提醒。

只能說對別人好要看時機，而重要的還是先照顧好自己的心情。

畢竟就算做盡所有事情，也不會完美無比。

來自別人的流言蜚語，
就讓他隨風飄去。

人生不是活著讓別人看，
人生也不是看別人這麼活。

有些人過得比較優渥，卻沒有時間。

　　　　有些人什麼都沒有，但卻擁有自由。

別讓自己的思想被別人牽著走，因為你是你。

不管再怎麼假裝平靜，
都騙不了自己壓抑的情緒。

帶著你的微笑，總想提醒你臉上應有的美好。
雖然自己總是被你輕易開玩笑，
心裡卻知道你是誰都代替不了。

想著想著，

不知道他哪裡值得自己對他好，
不知不覺自己臉上卻露出了微笑。

努力的追求，就算失去了，
你也會變得勇敢。

流淚不是懦弱，而是堅持太久。

分享著快樂，承受的卻是悲傷。

要知道在成長的路上，如果沒跌倒那只是幸運。

越過障礙，還能再度爬起才是實力。

淚水只是一種釋放，

振作起來才叫堅強。

有些人的心意像風，
看不見，卻感受得到溫度。

因為喜歡你，
所以喜歡這個世界，這個時間。

因為喜歡你，
所以喜歡回憶，任何有關於你。

因為喜歡你，
所以喜歡自己，與我們的相遇。

快樂是自己發現的，
不是別人給的。

一個人的幸福未必要兩個人來完成。

所以不是一定要遇見「對的人」，
人生才算是完整。

花時間期待別人，
會有仰望落空的可能，

還會發現自己的成長是空的。

願望，就是一種力量。

就算這個空間人多得摩肩接踵，
但不知道為什麼依舊能一眼就認出你。

暗戀是不是一種能一下找到你的超能力，
而你卻看不見我在哪裡。

染色過的承諾，
變成了無法漂白的謊言。

我不太懂得變通，
所以說過的承諾都願意，

將自己化成沙，堆疊成我們的約定。

我的願望很安靜，
需要你仔細聆聽。

現在我只希望你能做到，
當初說過的二分之一。

你要知道，不是我不夠珍貴，
而是你不懂得珍惜。

我的世界時間過得很慢。

　　　　　　所以漫長的日子我總是把時間規畫得滿滿的。

看著你好像總是很慵懶，

都結束了，
還未發現我已經離開。

情緒都是自己給自己的，
輕盈的小事也能變成大事。

不要總說我傻，
因為我只想讓事情看起來更輕鬆。

並不是沉重的心情才能承擔更多，
或許有時候還能讓事情簡單許多。

或許有時候會教人看不起，被人利用。
但至少是抱著好心情度過。

如何面對，每個人都不同，
只要有前進又何必裝作堅強讓自己難受。

好朋友，不一定是先認識的，
也不一定是常見面的。
而是在你需要他，
出現在你身邊的。

朋友之間其實話不用多，
懂自己的人，就能夠感同身受。
不需要炫耀，不需要假裝，不用討好，也不用遷就。
因為懂你的人，自然就會懂。

做作，只會吸引一些不適合自己的朋友。
要記得真正在乎你的人，
不會管你貧富貴賤，或是社會地位。
而是在你需要的時候，陪你一起沉默。

找不到對你真心的人之前，
就努力的珍惜自己。

答應自己，
就算是受到傷害也不要再傷心。

因為別人的誠信，不是你的問題。

生氣不該留給自己，生疑也只會自我扭曲。

為什麼要為了不值得的人，
　　在黑暗中失去了閃亮的那顆星。

只能說下次再有機會，
　　要擦亮自己的眼睛。

每一天，

都會因為你的努力而一點點改變。

_____

長大沒有年齡限制，
到幾歲都會發現新東西學習。
所以對自己，不要輕易的說放棄，說定型。

因為這只是藉口，讓自己懶惰成性，
久了會忘記當初對自己的決心。

願望要自己去努力完成，
成就最終才是屬於自己。

不說開，是一個結。

說白了，是一個傷。

別人的話，不是全部都要聽，
因為你還有自己要對自己說的聲音。

有時候自己的判斷不會輸給旁觀者，
因為從頭到尾的參與者是自己。

每個人表達方式不同，
所以無法時刻察覺對方話語中
善意的謊言或實話的差異。

全相信會讓他的善意謊言誤導自己，
因為除了自己，別人的話都只是建議。

好的建議聽進去能讓自己往前進，
但對於在乎的事情，要記得保護自己。

因為傷人的話總是能像利刃一樣貫穿自己的心。

只要內心總是閃亮，
到哪裡都能看見希望。

沒人能更改過去，但你卻可以創造不同的結局。

難免都有不順利的時候，但請不要自暴自棄。

當你失去所有，跌到了谷底，
代表你已經沒有什麼能再失去。

這是另一種重新開始的機會，讓你人生下新的決定。

相遇是緣分，
但放手卻需要勇氣。

不是說了愛妳，兩人就會在一起。

愛與被愛都是種種難題。

不管是放手，或是抓緊，
都需要體諒與相信。

當過程出現了危機，
或許是時候讓彼此有空間喘息。

不是說要放棄，
而是相處本來就需要互相學習。

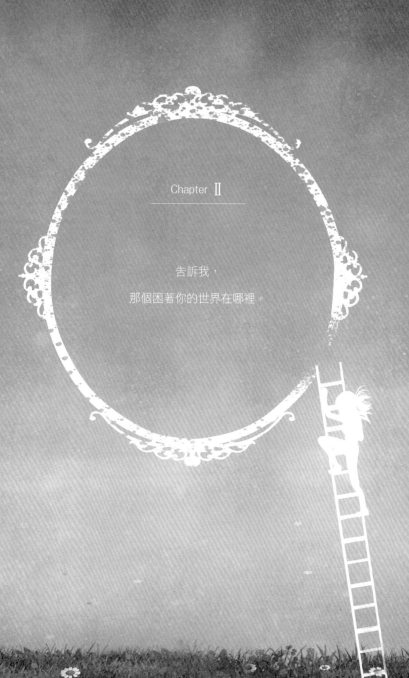

Chapter Ⅱ

告訴我，

那個困著你的世界在哪裡。

有些朋友就算很久沒見，
也感覺一樣沒變。
有些人每天都見，
但總覺得距離很遠。

有的時候，隔著彼此不是距離，而是內心。

人與人之間的距離，是一些體貼，一些默契。

有些朋友，雖然是遠距離，卻永遠都在。

在自己人生最精彩的時候一起高興，

也在人生最沮喪的時候不缺席。

幸福是珍惜現在，
不在意以前，
不奢求明天。

再次望見此處的風景，

才發現經過好多次，

都未發現過它的美麗。

是不是，只有不辜負現在的風景，

抵達遠方才有意義。

強求會讓自己背負太多。
追求不屬於自己的，終究無法得到解脫。
看淡了才能保護自己。
對於無法改變的事情，不再強求。

看淡了無奈，才能在無法改變的事情上獲得解脫。
看淡了幸運，才會在獲得的同時感到命運對自己的寵愛。

看開了才能保護自己的心，
不管現在停在了哪裡，至少內心很冷靜。

對於無法改變的事情，不要強求。
畢竟人與人之間的緣分很難説。

現在分開未必是結局。
往後也有可能因為某種契機，再次相聚。

有時候心太累，會不斷的睡，
不斷的頹廢。

愛情不強求，日子總會輕鬆許多。
夢想不強迫，也能順其自然的過。

但有時候偏偏不讓自己好過，又去期待，又去失望難過。
或許自己還未放棄闖蕩，總是爭取心中完美的結局。
但付出太多總會不由自主的計較，或許帶給對方是壓力與
強迫的感受。

幸福不強求，所以失敗了也不要難過。
因為就算成功了也不一定是想像中的美好結果。
畢竟如果是屬於自己的，就不會輕易從手中溜走。

不需要時刻強迫自己正面積極，
因為活著不是為了塑造形象，
而是心中那塊安靜幸福的草地。

人看見的是表皮，

但感覺的卻是內心。

所以活著不必為了讓別人看見自己的幸運，

忠於自我，才會吸引真正喜歡你的人來靠近。

不管別人有多黑暗冷漠，
擁有包容的心，就不會這麼傷心。

什麼是喜歡？

我會跳著你不在的雙人舞，

哼著屬於我們的歌，

懷念你早已忘卻的過去。

回憶著你，

宛如沒受過傷
祝你幸福，
彷彿對方是自己。

脾氣不好不是藉口，

因為我跟原諒也不熟。

「相信」可以是一種選擇，而不是必須。

給別人下一次機會，也是給別人機會傷害你。

別去強迫別人要再次相信，只因為自己覺得可以，

因為就算相信了，
自己也不一定會比較開心。

那又何必？

當你不再容易受傷，
你也不再容易感動。
當你不會感動，
就再也不會受傷。

有時候我在想，

如果能夠轉換思考而相信這個世界沒有永遠。

沒有
永遠的關係，
永遠的感情，
永遠的答應，

是否就可以讓自己在永遠不停運轉的世界，適應。

有時候活得太累，是自己太勉強自己。
遷就別人久了，會發現給別人的太多，
而忘了自己的世界在哪裡。

你保持沉默是因為知道我會繼續，
會繼續是因為我比你更在乎、更著急。

你不關心我而去關心事不關己的事情，
是因為別人不能得罪，要我體會你的心情。

如果你是因為我一定會在乎你，就糟蹋我對你的心意，

那我想我會離開你。
因為你看不見我對你的心。

面對挫折，說來簡單但做起來談何容易。
要相信自己還能前進，更要有勇氣面對
失去。

有些事情只能選擇接受。因為擁有太遙遠，面對太支離破碎，
想留的人不需要你留，想走的人不會回頭。

關於無法掌控的事情，只能學會如何失去才不痛。

是離開自己，忘了過去，還是將自己陷在無底洞，
都要記得時間還在滾動，而現在該往前走。

是傷都會痛，只是深與淺的差別。
從前的自己在未來等你，但要等你接受現在了之後。

雖然知道將心比心的道理，
但也不是每顆真心都能換到誠意。

我為你改變過，
但你卻認為我只是在學習。

我為你的夢想努力過，
但你卻認為我是為自己的未來打拚。

因為你我活在過去，掙扎在回憶裡。
你卻認為是我自己的問題。

雖然知道人與人之間可以將心比心，
但我想你並沒有想要了解我對你的心意。

不是事事都能完美，
但你可以選擇不去糾結於那個不完美。

不是每個故事都有結局。

有些事情只有開始，而沒有結果。
有時候突然冒出了結局，卻沒有開始。

不是事事都能如意，
但人生卻充滿了驚喜。

不是樣樣都有結果，
但也因為如此才能擁有更多嘗試的開始。

或許有天會感謝的，
是自己有勇氣開始，而不是最後的成功。

想要一個好的開始，就要有許多小的開始。

雖然過程需要規劃，但執行卻需要勇氣。

反覆過同一種人生，
會慢慢看不見想像中未來的自己。

到底意義在哪裡，
最終想到哪裡去。

真的友情不需要每天面對面，
他經得起離別跟時間的考驗。

有些人見了面，也感覺沒有見過面。
　　隔著層層面紗，連真正的個性都看不見。

　　有些人見過一次面，就好像知己。
　　　　不曉得是有相似的朋友，還是相仿於自己，

總覺得彼此有相通的心意。

脆弱
往往超出想像，
回憶當初
才發現用了多少堅強去面對。

淺淺的傷口會隨著時間消失殆盡，
太深的傷口卻會隨著時間越來越難忘記。

有些事情只有時間才能證明對自己的重要性。

所以現在先不要傷心，
因為你不確定
它是不是那件值得回憶的事情。

別讓別人的判斷迷惑你，
因為只有你懂你自己。

這個世界上只有一個自己，
經歷的是沒有人經歷的過去，憧憬的是自己才能感受的幸福。

所以就算自己萬箭穿心，都只是自己的事情，
別人只能同情，而無法擁有感同身受的心情。

因為他不是你，不會知道你對於一樣東西的執著跟受傷程度在
哪裡。

成長不是等待風雨離去，
而是能放開心胸自我療癒。

錯過了才能擁有，擁有了就會錯過。

你錯過了，別人就能擁有，
別人錯過了，自己就有機會把握。

有時候，要錯過才會懂，
到底那是什麼樣的感情。

正是因為他不屬於你，才會錯過。
如果屬於你，他就不會錯過你。

改變並不可怕，只是改變後的你
有沒有辦法讓心再次飛翔。

跌到了谷底，才會感受到美麗的微風，而不是吵鬧的聲音。
沈靜在黑暗裡，才能感覺到溫暖的光，而不是炎熱的夏天。

人生有許多風景，
並不是要永遠的折騰自己才是往前進。
有些事情可以從別人身上學到，並不需要親身經歷。

因為不斷消耗自己，最終很難徹底恢復原來的心境。
而這些浪費的時間其實可以花在你覺得更值得的事情。

如果你還感覺在谷底，那是心情遇見了瓶頸。
只要換種方式想，
下次睜開眼睛，谷底的風景才會消失殆盡。

珍惜不是所有人都能看懂。
不要總是等到開了窗放你走，
才察覺到對自己的失望跟落空。

有時候付出太多是因為自己比對方更擔心，

如果沒了自己，他要如何面對所有的事情？

如果事情沒有被解決，以後又有什麼壞事降臨？

但過多的責任感，又會壓著自己喘不過氣。

遷就別人久了、不知不覺變成了理所當然，

變成空氣，被利用著、卻沒有被珍惜。

別放棄，
因為你失去的是改變，
而你努力的是未來。

想改變現在，要相信能看見比現在更好的自己。

期待是改變的力量，
要知道人生不只是活下去而已，更是活出自己。

但面對眼前的壓力，我們總是犧牲未來的可能去改善眼前的困境。

有時候換掉的，卻是讓自己壯大的可能性。
並不是將一樣事情變小才能解決問題，
而是讓自己變強大，讓問題不再是問題。

聽見刻薄的話語不該用同樣的方式去回應。
面對討厭的人不必改變自己，
遇見了也是一種提醒，
不成為跟他一樣的個性。

不要為了討厭的人而改變自己，

也不需要浪費力氣去喜歡討厭自己的人。

別讓只想打擊自己的人教你如何往前進，

因為面對這樣的人，沉默是最好的回應。

現在承受的煎熬，
都是為了能讓未來舞動。

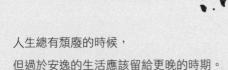

人生總有頹廢的時候，
但過於安逸的生活應該留給更晚的時期。

有時候當下的煎熬是尋找人生意義的過程，
等到達了終點就會謝謝當初自己那麼努力。

每一件小事都有可能變成大事。

相信自己做的決定，忽略旁人的嘲笑，
因為真正的努力一定會有意義。

時間不要用數的，因為回憶
都是有意義的時刻，不是哪一年的哪一天。

青春代表的是活力，而不是年齡的定義。

如果一個人不珍惜自己，在 30 歲就病逝，

那 20 歲對他來說時間所剩不多。

如果他能健康的活到了 90 歲，

那其實 60 歲也不算老。

不管是不是大家所憧憬的年齡，

每一刻都能成為值得珍惜的回憶。

時間不是過得快，而是自己沒好好留意。

會懼怕的不是年齡的累積，

而是年復一年心願還未達成的焦慮。

因為時間一去不復返，

而還站在原地的是自己，自言自語的說不要灰心。

但時間是每個人的必經過程。不能比較。

每個人都是唯一。你不可能是我，我也不可能是你。

所以時間對每個人來說，衡量的標準是自己。

選好了路就要走到終點，
因為只有撐到最後一秒，
才能回味途中的美好。

有些改變需要的是時間，而不只是瞬間。
當旁人看見了你的改變，都不是一天兩天的結果，
而是日月累積的堅持。

就跟練習新事物一樣，
想改掉一種壞習慣需要花費十倍的努力。

成長往往都是需要付出才能擁有，
而不是每件事都能承受停下。
開始了就要完成它。

一個人的好，需要花時間慢慢了解。

一個人的不好，也需要花時間慢慢看見。

什麼是好人，什麼是壞人，
其實都會因為成長過程、遇見的事情而逐漸改變價值觀。

但對於受到傷害的人來說，傷害他的人就是某種程度上的「壞人」，而被大眾定位於壞人的角色，有可能做了一件小事情而變成某人的救命恩人。

但一個人的一生中，多多少少都會在別人的故事裡
扮演著壞人的角色。
或許是說了一句話傷了別人的心，
或許是因為自己而間接改變了別人的命運，
都有可能變成別人眼中應該修正的「壞」。

但這些跟刻意傷害，或是欺騙有很大的差異。
畢竟，一個人的好，需要花時間慢慢了解。
一個人的不好，也需要花時間慢慢去看見。

其實有三種你，別人眼中的自己，
你眼中的自己，跟自己所期待的自己。

有些表情在臉上掛久了，會改變自己。
但聽別人的閒言閒語，又怕走不出去。

有的環境使得我們不能做自己，但現實中又無法逃離。
自己的價值不該定位在別人的嘴裡，
但適當的滿足別人可以是一種禮貌。

只是，滿足不該是單方面的付出，而是雙方彼此。

不管別人如何看你，
或是擔心未來的期許是否能進行，
都該最喜歡自己。

每個人肩上都扛了太多種情緒，

重嗎？

不是傷心就一定要流眼淚，

也不是開心就一定要微笑。

人的情緒有千萬種，也不是只有這兩種。

對自己的情緒需要時間處理，

對別人也很難一下解釋清楚。

自己的感覺是放在自己的心上，

不是掛在別人的嘴巴上。

你選擇的世界，決定你的人生歷練。

一個人的選擇，決定他的為人，
一個人的個性，決定他的人生。

擁有一個好的態度，決定他的努力是否會被看見，
建立自己的觀點就能擁有自己，跟自己的世界。

你怎麼定義自己，這個世界就怎麼定義你，但若你不開始，
剩下的就只有妥協。

Chapter Ⅲ

我會好好替你收著

你的過去。

過去就擺在回憶裡，
因為今天會重新開始。

我們口中說的一輩子很短。
不要等夢醒了才發現揮霍了夢想和青春。
確定了方向就去執行。

有了開始，就算失敗也不會對不起自己。
如果擔心失去而不開始，
可以考慮給自己一個截止日期。
多給自己一些時間去嘗試，
也不至於失敗了又回不去。

心軟的人，也容易心碎。

看不見的犧牲沒人會心疼。
嘴上說的擔心，還是行動上的彌補，都無法換回失去的東西。
所有的付出都該建立在互相能接受的範圍，
因為自己做的決定不該綁架對方的人生。
要記得做什麼都要為了自己，
如果沒有了對方，是否能承受所有的後果？

付出是為了想看見的前景，跟過程的享受。
多餘的犧牲會變成多餘的付出，心碎換來的是彼此情感的負擔，

因為犧牲換不了真情。

精明不代表聰明，
計較不一定有利益。

過多的妥協會讓自己失去個性，
不懂得拒絕會讓自己的世界從手中失去。

看似弱者的人有時並不是站在道理的這方，
看似強者也不代表沒有脆弱的心靈。

有時旁人建議你「慈悲為懷」幫助他人，
會讓自己失去原則。

善良的條件是自己能力的範圍，
因為過多的善良是自己在委曲求全。

我選了不同的路，
但這不代表我迷路。

人生像是一種冒險，
每個人站的起跑點都不同，所以選的路也不相同。
你可以選擇寶藏為你的終點，或是一塊田園草地蓋你的家。
或許有人剛好走過你想走的路，
又或許是一條還沒人開拓的路等你去挖掘。
你可以問問別人的意見，
但只有自己才能看見前景。
畢竟人生不是一場比賽，而是一種經歷。
你可以選擇用跑的，
或是走走停停
享受沿路的風景。

如果你不喜歡我，除了改變我，
你也可以選擇離去。
這個世界沒有完美的人，
只有適不適合，
夠不夠珍惜。

我們認識的名義不該是綑綁跟改變對方的原因。

幸福該是真實的自己被接受，而不是被改變了的自己。

相處不該是一種束縛。應該不假裝，也不迎合，
因為舒適才是相聚的原因。

你可以討厭我，或者是離開我。
但不管你做什麼決定，你的評語都無法代表我的個性。

對你好的人會在你眼前說實話，
在你背後說你好話。

――――――――

不是認識的人就是朋友，也不是每個人都值得你跟他交朋友。
有些人以朋友為名義，直爽為藉口，毫無節制的在背後傷人。

一句「我不是故意的」或「我就是這樣」，都無法合理化
他造成的心理傷害。
口直心快不是傷人的藉口。
坦白說出口不是自己小氣，
不夠朋友。

他傷害你的舉動已經代表了
他從一開始就不是你朋友。

懂自己的人，總會在關鍵時刻，
聽你說委屈。
就算心裡覺得這並沒有解決問題，
也不會讓你一個人心中翻雲覆雨。

那些無能為力的事，
就是無法自己掌控的事情。
就算想面對，也不是自己能改變得了。

聽別人吐口水有時候會讓自己深入其境。
所以願意跟朋友分擔苦水的那些人，
值得去珍惜。
有人陪你瘋，陪你擔心，
都代表對方在乎你的心情。

懂你的人才能看見你的心，朋友不需要多
而是能夠了解自己。現在沒有也別擔心，
因為快樂總是在不經意的時候降臨。

太在意自己是否過得快樂，是一種人生壓力。

在意別人覺得自己是否快樂，會花太多力氣讓自己
看起來幸福。

此時憔悴，不代表失敗。
此時缺少了寧靜，是將來的雨後天青。

幸福不是不在，而是還未來臨。
抱著好心情耐心等待才能看見未來。

是情緒也好，是回憶也好。如果忘了該
怎麼好好整理，不如就讓它隨風而去。

太明白了意義，承受的不是一般的打擊。

有時候努力的麻痺自己，也無法面對真正的失去。

想當沈睡的那個人，永遠都叫不醒，但卻無法置身事外。

有時候為了對得起自己，對得起別人，不知道做了多少努力。

回憶像是花瓣，就算吹散了，一起經歷過的旅程都環繞著自己。

擁有你的一段路程，就像是擁有你的過去。

或許現在的我並不是失去你，而是擁有了我們美好的回憶。

所謂的釋懷，
就是自己能夠解開這個結。

不怕想起才是「忘記」。
糾結的心情不是自己小氣，
而是每個人都有自己在乎或害怕的事情。

有些回憶耗費好多力氣還無法忘記，而像烙印一樣
跟自己生活在一起。

有時重要的事情不是真的忘了，而是不再在意。
因為真正「忘記」其實並不需要努力。

日久不一定能見人心，有時候連自己的
眼睛都能被蒙蔽，更何況是心。

一個人有多好，需要時間去看見。
一個人有哪裡不好，也需要時間去發掘。
說出口的永遠，是建立在不變的世界，
不變的彼此，不變的生活。

但，又有多少人能做到永遠的好心情，做好事，說好話？
生活並不溫柔。
怎麼可能面對地獄般的考驗後還不變？
不是每件事都經得起考驗，在乎他，就得花精神去呵護。
不管是愛或痛都是一種累積。

痛夠了，自然就爆發了。
有時候不是不夠愛，而是無法不離開。

相遇是緣分，但放手卻需要勇氣。

以前的世界很小，未來總還有未來，永遠依然太遠。

　　忘了有時間，

　　　　　　忘了要長大，

　　　　　　　　　　忘了會變老，

　　　　忘了還有現實的世界。

總以為有無數個明天能相見。
沒想過原來我們都會長大，還有離別的一天。

或許發現這是錯誤的決定，但這不是浪費時間，
了解什麼不適合自己，才知道下站在哪裡。

路過了他，不是錯過，而是拾獲。
留不住就放他走，就算握在手裡也無法一起飛翔。

學會愛自己，

別人也會跟著喜歡你。

面對在乎的人總是變得無比的溫柔，

為了他成為更好的自己。

在心裡留一個小空間給他，

收藏任何有關於他的回憶。

或許是那些被傷害的日子讓自己心驚膽顫，

害怕再被吞噬，害怕輸不起，害怕走不出去。

但要相信每個人的出現原因。

或許他讓你學會了什麼是美好，

什麼是痛，什麼是付出，什麼是愛自己。

人生就像是一盒火柴，

樂觀的人看見的是希望，

而悲觀的人看見的是災難。

―――――――――――

其實傷心不需要理由，
就像幸福也不需要理由一樣。

很多事情沒有答案，
就像為什麼有愛，為什麼要執著，
為什麼付出，為什麼會離開。
但並不是每件事情都需要有答案有原因，
每個人愛的方式不同，看的世界也不同。

今天可以為了你傷心，明天也可以，
即便好與壞都與我無關。

每天為自己澆水，心就不會枯萎。

不知道從什麼時候發現自己變了。

原本單純，無防備的女孩開始感受到世界的勢利與無奈。
沈重的負擔與環境的改變，讓人變得無比堅強，事事考慮周詳。

現在的自己已經無法再假裝為小事而開心，
而發現需要介意很多事，
計較得失，來捍衛自己的權益。
累積的疲倦，連睡眠都無法復原。

有的人在你身邊卻感覺很遙遠，
有的人已成回憶但卻近在眼前。

人生的旅程像在搭車，總要學會獨自走完剩下的路。
有的人剛好與你搭了同一班車，
但又有人換乘，離你而去。
每個人想去的地方都不同，就會有下車、有離別。
即便不捨也要學會放下，忘卻。
但如果當初能學會保護自己，
或許能讓自己受到的傷害少一些。

只要還活著，就有很長的時光去努力，
去創造美好的回憶，
淡化過去所有難過的事情。

有些生物只活一天。
短暫的生命卻很燦爛，極致的活著，不自怨自艾，
在沒有人認識的地方，不管墜落還是閃耀，都與人無關。

有些生物能活好久。
沒有跳動的心臟，也沒有眼睛耳朵嘴巴。
他們能在海底下天長地久，沒有記憶卻能安靜的活著，
在沒有人認識他的地方，逃亡流浪。

人的一生說長不長說短不短，
卻能選擇過得慢卻安靜，或快而精采。
可以在自己的時間裡，兩者兼具，只要是不會後悔的路，
對自己，對這個世界充滿期待。
不管是說走就走的顛沛流離，還是熱情的擁抱這個世界，
都有說做就做到的勇氣。

謝謝那些陪伴過自己的人，
就算離開了也從對方身上學了不少東西。
會離開的終究會離開，
而要感謝的是他離開了我的將來。

不管是什麼選擇，都無法再來過。
不管花了多少時間和努力，
要相信這一切都是必然的事情。

不管是相遇，還是別離，能遇見你都是運氣。
雖然我們的世界已經不再連在一起，但我謝謝你，
經過了我的世界，教會我的事情。

你好，但再見。

因為我想放下，才能用最好的自己，最燦爛的花季，
在下一站再與你相遇。

好人，不一定是對你好的人。

有些事情沒有分誰對或誰錯。
而是命運讓彼此從熱絡走到了冷漠。

我曾以為，只要努力了，就會有結果。
只要同心協力，沒有什麼難得倒我。

但你走了，
我沒能走進你的世界，也沒走回自己的。

現在有人問我，過得還好嗎？

我過得還可以
沒有你的日子，我過得還可以，
只是沒有花季，沒有悲傷，沒有你，沒有了自己。
我好像能回憶過去，但卻還無法忘記你。

相遇是緣分，但放手卻需要勇氣。

─────────────

原來，用盡一切努力，都只是你生命中的配角。
耗盡了時間，卻沒能走進你的世界。
不管當初多溫柔，多盼望，
後來的自己也變得面目可憎。

不知不覺心理上的窟窿變得越來越大
無法填滿，無法縫合，且越來越疼。
在旁人眼裡或許看起來完整，但沒人記得那些
你所謂瑣碎的事情，
傷得我體無完膚的時候。

相處需要磨合，但不是單方面的配合。
再怎麼遷就也有累的時候。

曾經一直相信著，只要我們一起改變，就能抵抗這頑固的世界。

但原本堅信不移的愛卻像被丟到了黑洞裡，
被時間慢慢稀釋，慢慢扭曲抹滅。

相處需要磨合，但不代表要與自己離別。

當我們的愛來越遠，相處變得隨便，遷就變得敷衍，
終究會有你變回以前的你，我變回了我自己的一天。

是不是有一種感覺，有的時候真的想要的，
就只是停駐在心上，那一抹淡淡的寧靜。

是不是開始在乎了一件事情，也會變成一件容易傷害自己的東西。
越是想忘，越想不在乎，
就越陷越深，越走向危險區域。
嚮往內心的寧靜，卻發現有一部分的自己已經不屬於自己。

想忘卻，卻無法拒絕誰的到來。
如果總有一天會有離開，是不是該早點學會釋懷，
準備好了失去，才不會失去了愛情，又失去生活的意義。

真正的友情關心的是你過得好不好，
不是飛得夠不夠高。

在人生不同階段，會遇見不同朋友
有些朋友遇見就投緣，有些卻越來越疏遠。

有些自稱是朋友，卻不在乎你。
說是建議，但總展現他自己懂的事情，
相信眼前你委婉說的謝謝，卻看不見你背後受到的傷害。

真正的朋友越來越少，因為我們需要時間分辨，
什麼朋友適合自己，什麼朋友懂你，
什麼朋友不僅讓你做自己，還讓你遇見更好的你。

並不一定是好聽的話語才是真正的關心，
而是能在你沉默的時候分享你的世界，
陪你一起聆聽你內心吶喊的聲音。

並不想跟在你身後，也不想走在你前頭。
而是與我並肩而行，當我是朋友。

是開心還是悲傷都能走在我身旁，
聽我的心聲，告訴我。

其實我值得幸福，值得被愛。

一群朋友，還不如一個真心懂你的人。

我不是想你，
我是想念以前會對我好的你。

原來已經是這麼久的事情了，
相處才短短幾年，回憶起來卻像一生。

那些關於你的事情。回想起來總是這麼鮮明，
那些我們一起聽的歌，
那些我們一起走過的痕跡。

在漫無邊際的時間裡，看著你離去的背影，
不管是想念還是埋怨，
所有關於你的記憶，總有一天會終於不再想起。

有時候，真正可靠的人並不是大家想像中無所不知的強者，而是明知沒答案還願意陪著你面對所有的困難。

每個人愛的方式不一樣，
是像刺蝟一樣的懷抱，還是說愛才離開，
是將自己照顧的很好，還是不離不棄的陪伴。

但我想，

看似最殘酷但最溫柔的愛或許是離開。
當付出的不再是遺憾，
哪怕不再與你走在同一條路上。
都能忽略自己，不再與你，
與自己糾纏。

不完美才是完美

你的傷痕累累如此珍貴

圖　　　文／累累・田心蕾
美術編輯／申朗設計

總　編　輯／賈俊國
副總編輯／蘇士尹
編　　　輯／高懿萩
行銷企畫／張莉滎・廖可筠・蕭羽猜

發　行　人／何飛鵬
法律顧問／元禾法律事務所王子文律師
出　　　版／布克文化出版事業部
　　　　　　台北市中山區民生東路二段 141 號 8 樓
　　　　　　電話：(02)2500-7008　傳真：(02)2502-7676
　　　　　　Email：sbooker.service@cite.com.tw
發　　　行／英屬蓋曼群島商家庭傳媒股份有限公司城邦分公司
　　　　　　台北市中山區民生東路二段 141 號 2 樓
　　　　　　書虫客服服務專線：(02)2500-7718；2500-7719
　　　　　　24 小時傳真專線：(02)2500-1990；2500-1991
　　　　　　劃撥帳號：19863813；戶名：書虫股份有限公司
　　　　　　讀者服務信箱：service@readingclub.com.tw
香港發行所／城邦（香港）出版集團有限公司
　　　　　　香港灣仔駱克道 193 號東超商業中心 1 樓
　　　　　　電話：+852-2508-6231　傳真：+852-2578-9337
　　　　　　Email：hkcite@biznetvigator.com
馬新發行所／城邦（馬新）出版集團 Cité (M) Sdn. Bhd.
　　　　　　41, Jalan Radin Anum, Bandar Baru Sri Petaling,
　　　　　　57000 Kuala Lumpur, Malaysia
　　　　　　電話：+603- 9057-8822　傳真：+603- 9057-6622
　　　　　　Email：cite@cite.com.my
印　　　刷／卡樂彩色製版印刷有限公司
初　　　版／2019 年（民 108）1 月
售　　　價／300 元
I S B N／978-957-9699-65-5

國家圖書館預行編目 (CIP) 資料

不完美才是完美 你的傷痕累累如此珍貴
／田心蕾圖文. -- 初版. -- 臺北市：布克
文化出版：家庭傳媒城邦分公司發行, 民
108.01

168 面；15x19 公分. -- (布克圖文；148)

ISBN 978-957-9699-65-5(平裝)

855　　　　　　　　　　107023449

城邦讀書花園　布克文化
www.cite.com.tw　www.SBOOKER.COM.TW